بِسْمِ اللهِ الرَّحْمٰنِ الرَّحِيْمِ

I Allahs navn, Den Mest Nådige, Den Mest Barmhjertige

Denne boken er en spesiell gave
til et spesielt barn fra Allah ﷻ.

Må den bringe deg nærmere Hans kjærlighet,
barmhjertighet og lys

Bli kjent med Allah, vår Skaper

En barnebok som introduserer Allah

The Sincere Seeker Collection

Allah ﷻ er Én og Unik.
Han er vår gode Skaper som skapte deg,
meg og alt vi ser.

Hver dag tar Allah ﷻ vare på oss—
Han gir oss deilig mat og trygge,
varme senger,
og Han passer på oss.

Allah ﷻ er over alt
og våker alltid over oss
med kjærlighet.

Allah ﷻ skapte
enorme planeter
og også bitte små.

Han skapte jorden
som vårt vakre hjem.

Om natten glitrer stjernene
for å lyse opp himmelen.

Allah ﷻ skapte universet
så vi kan se på det
med undring.

Allah ﷻ skapte fullmånen
som lyser om natten.

Han lager myke skyer
som driver stille over oss.

Han sender regn
for at planter skal vokse
og for å rense jorden.

Han sender vind i alle retninger
og solens varme så alt kan blomstre.

Allah ﷻ skapte kaldt vann
og varmt vann.

Han skapte elver som renner,
store hav med bølger,
og dype hav der fantastiske skapninger
gjemmer seg.

Han lar bølgene stige og synke—
noen ganger rolige, andre ganger sterke.

Allah ﷻ skapte høye fjell
som strekker seg mot himmelen.

Han skapte små snødekte åser
som glitrer i solen.

Hvert fjell viser Hans styrke og skjønnhet.

Allah ﷻ skapte banan-
og appelsintrær med deilig frukt.

Han fylte verden med fargerike
blomster og søte dufter.

Noen blomstrer i hager;
andre vokser vilt på enger.

Hver eneste er en spesiell gave
fra Allah ﷻ som gir oss glede.

Allah ﷻ ga oss familier
så vi kan elske hverandre
og ta vare på hverandre.

Foreldre beskytter oss,
og kjærlige søsken
leker og deler.

Familier er en spesiell gave.

Allah ﷻ skapte store dyr.

Som elefanter med lange snabler.

Og bjørner med myk og lodden pels.

Han skapte grønne alligatorer
med skarpe tenner.

Og enorme hvaler
som svømmer dypt i havet.

Allah ﷻ skapte også små dyr.

Som den bittelille marihøna.

Og den summende humla.

Han skapte maur,
gresshopper og sommerfugler
som flakser i brisen,
og øyenstikkere som suser gjennom luften.

Hver eneste viser
Allahs ﷻ fantastiske kreativitet!

Allah ﷻ gir oss sunn mat og drikke
så vi kan vokse oss sterke.

Vi har ferskt brød, søte druer,
saftige epler og gyllen honning.

Og gul ost, kremet melk
og saftig kylling også!

Hver bit og hver slurk
er en velsignelse fra Allah ﷻ.

Takk, Allah ﷻ,
for all den deilige maten Du gir oss!

Allah ﷻ ga oss livet
og mange andre velsignelser også!

Et trygt hjem og en bil
som tar oss med på morsomme turer.

To hender til å bygge,
to øyne til å se og to ører til å høre.

Og hjerter som slår av kjærlighet.

Takk, Allah ﷻ,
for alle disse fantastiske gavene!

Allah ﷻ ser og hører alt,
selv de stilleste tankene våre.

Han vet hva som er i hjertene våre
og alt vi føler inni oss.

Han legger merke til
glade tanker og vennlige handlinger.

Allah ﷻ passer alltid på oss—
med omsorg og kjærlighet.

Allah ﷻ elsker oss mer enn vi kan
forestille oss!

Hans kjærlighet er dypere enn havet
og klarere enn solen.

Han tar vare på oss når vi ler eller gråter,
når vi leker eller ber.

La oss vise vår kjærlighet ved å huske Allah ﷻ,
be til Ham og gjøre godt!

Alt som er godt,
kommer fra Allah ﷻ.

Han er Lyset i himlene og på jorden.

Allah ﷻ veileder oss med Sitt lys
og hjelper hjertene våre å velge det rette.

Når vi gjør godt,
skinner hjertene våre også.

Vi ber til Allah ﷻ fordi Han skapte oss
og elsker oss så mye.

Vi elsker Ham også.

Når vi ber om hjelp,
hører Allah ﷻ oss og svarer
på den beste måten.

Vi kan snakke med Allah ﷻ
når som helst— i glade tider og i triste tider.

Allah ﷻ er alltid nær og lytter.

Allah ﷻ lover Paradiset
til dem som tror på Ham og gjør godt—

et sted fylt av glede,
der ønsker blir oppfylt.

Elver av søt honning
og melk vil strømme.

Hager vil blomstre med blomster
som aldri visner.

Det vil finnes deilige frukter,
vakre klær og endeløs lykke.

La oss elske Allah ﷻ,
gjøre godt og gjøre vårt beste—
så vi en dag kan være sammen med Ham
i Paradiset!

Slutt

Må denne reisen bringe deg nærmere
Allahs ﷻ uendelige kjærlighet og visdom.